CÍRCULO *Luna Parque*
DE POEMAS *Fósforo*

Vida e obra

Vinicius Calderoni

Continente

Na casa está contida
a gente está contido
o tempo está contida
a sombra está contido
o sonho
e a semente.

A casa me contempla e me contém:
estou contente
(sou contido).

A casa contém todos os sentidos
— estão contíguos —
a casa é o menor dos continentes.

Promessa de vida

No início de mil novecentos e setenta e dois
Antônio Carlos Brasileiro Jobim,
aos quarenta e cinco anos,
acompanhava a construção de sua casa
no sítio do Poço Fundo,
município de São José do Vale do Rio Preto,
região serrana do Rio de Janeiro.

*

Àquela altura já um veterano,
consagrado e célebre,
tido como mestre,
culto e cultuado.
A despeito de tudo,
os relatos dão conta de que,
na ocasião,
sentia-se desestimulado,
ultrapassado e esquecido;
como se a glória alcançada
fosse já uma foto esmaecendo
uma medalha se desmilinguindo
indo
indo
...

* *

À medida que a casa se erguia,
seu projeto era aperfeiçoado.

A lapidação incessante
atrasando o cronograma,
já naturalmente prejudicado
pela alta incidência de chuvas
— tantas vezes torrenciais —
comuns na região serrana
durante o verão fluminense.

* * *

A casa que se edifica,
a vida invadindo em demandas múltiplas,
a sensação de esquecimento,
a natureza alheia ao desejo humano:
essas são as circunstâncias.
Podem, portanto, ser expressas,
reportadas,
reunidas.
O que não se explica
é o que nasce a partir delas,
o mistério do artista,
o sonho e a centelha:
Tom compõe "Águas de março".

* * * *

A canção como ato sensível de olhar ao redor,
da observação de uma miríade de coisas miúdas,
tudo mais ou menos ao alcance da mão,
tudo sempre no horizonte dos olhos,
apenas e tão somente o que estava na ordem do dia:
o projeto da casa, a viga e o vão, o tijolo chegando,

o sol da manhã, a noite, o vento ventando,
um caco de vidro e um pingo pingando,
um peixe, uma cobra, um sapo, uma rã,
um gesto, um pedaço de pão, um carro enguiçado
e a chuva chovendo e trazendo as águas de março
que, como em um ritual de purificação,
tornam-se promessa de vida e renovação.

✳ ✳ ✳ ✳ ✳

Cantando coisas mínimas
tão pequenas que mal se notam
tão familiares que invisíveis
tão corriqueiras que pouco importam,
chega-se à maior canção já composta
em qualquer língua e em qualquer tempo:
um relato fundo de vida e morte
e do correr do tempo,
cada fagulha vista através de olhar infravermelho,
o oceano inteiro que mora na gota.
A maior canção sobre as menores coisas.

✳ ✳ ✳ ✳ ✳ ✳

São os primeiros dias neste apartamento,
que existe na vida da minha família
há mais de cinquenta anos.
Que já foi dos meus avós,
onde já moraram temporariamente meus pais,
e onde agora é minha casa.
Eu estou sentado
a poucos metros da mulher que amo

e da cachorra que adotamos.
Foram muitos meses de obra,
ajustes no projeto,
choques no trajeto,
dores no processo:
pra chegar à casa
foi preciso atravessar
a perdição, o medo e a peste.

* * * * * * *

Tom Jobim na sala de sua casa em São José do Vale do
    Rio Preto
em mil novecentos e setenta e dois
eu na cozinha deste apartamento em São Paulo
em dois mil e vinte e três
e tantas obras que atravessam as vidas
e tantas vidas que se lançam em obras
e que haja sempre mais e se acrescentem vírgulas
que tudo que existe incide sobre vida e obra.

Apartamento

Um apartamento
é uma cápsula
um casulo
um canto
onde se apartar
livre de arestas
longe do alarde,
da selvageria
está para a cidade
como a cabana
para a floresta.

Um apartamento,
porém,
está no mundo
não está isento,
imune ao contágio
porque sempre ancorado
em edifício
que é, por sua vez,
um almoxarifado
catálogo de condições humanas
de modos singulares de habitar
o tempo espaço
prenhe de narrativas
de glória e fracasso e pasmaceira
essa doideira a que chamamos
vida.

Estando apartado
e estando imerso,
o apartamento, em si,
é um universo:
conforma o seu próprio ecossistema
e, ao mesmo tempo,
em fluxo permanente
impregna-se das luzes do poente
que é pra isso que servem as janelas.

Quando na rua,
a chance de olhar pra cima,
e vasculhar com o olhar
luzes acesas:
estante de livro
cor de uma parede
vaso de planta
sacola de feira
muitas coisas entrevistas
no entretanto;
coisas nenhumas
de uma vida inteira.

Gestos

Os livros que leio
As plantas que rego
Os tempos que tenho
O corpo que esfrego

O café que faço
O canto em que sento
As coisas que sinto
Os quadros que prego

A louça que lavo
Os pratos que guardo
As luzes que acendo
As luzes que apago

A cama que arrumo
A cama que ajeito
A cama em que acordo
A cama em que deito

O espelho em que espio
A cara que tenho
Na casa onde moro
Na hora que quero

Os gestos que faço
Os gestos que meço
Os gestos que posso
Um gesto é um começo

Itinerários

No quarto em que desperto
subo à superfície;

de lá para o banheiro,
subtração do excesso,
água invade o rosto:
senha pro começo;

hora da cozinha,
fome se avizinha,
que, antes da cidade,
urge a saciedade;

estancar na sala
onde a pausa impera
o olhar se expande
mansidão se instala;

logo o escritório,
ato compulsório,
para estar no mundo
com o suor diário;

e área de serviço,
firme compromisso,
para entrar na linha
e manter o viço;

de um ponto a outro,
o dia se move,
sempre que um trajeto
novo se percorre
vai se conformando
junto ao assoalho
uma cartografia
de tudo que ocorre
sobre a epiderme
do apartamento

escavações futuras
destas estruturas
feitas com minúcia
tentam decifrar
à luz da ciência
este sentimento
que me configura
e que me socorre
enquanto escrevo o verso
que está em curso
que é o mesmo verso
sobre o qual, agora,
o seu olho corre.

Providências

Pensar na disposição dos quadros
Comprar filtro purificador de água
Instalar máquina de lavar roupa
Cobrar fornecedor entrega do espelho do banheiro (pago)
Mancha no tampo da mesa da cozinha: tem como limpar?
Era assim que eu imaginava?
Colocar a soleira na porta de entrada
Comprar um rack para debaixo da tevê?
Uma casa tem a cara de quem nela mora?
Trazer vasos de planta do apartamento antigo
Assim como um nome ganha a imagem de seu dono?
Rachadura no tampo da mesa: ligar marceneiro
Lar é o lugar que nos acolhe ou nos comprime?
Será que gostam do que veem as visitas quando vêm?
Será que são sinceras quando elogiam?
Por que sentimos um comentário sobre a casa como
    sendo um comentário sobre nós mesmos?
Trocar a planta de vaso
Por que nos importamos tanto com o que os outros
    pensam?
Instalar porta-toalhas
Instalar porta-papel higiênico
Ou será que sou só eu que me importo demais?
Resolver o problema da fiação estou me sentindo bem
    aqui?
Acho que não sei a resposta mandar o banquinho pro
    conserto
Tantas coisas pra arrumar

Vazamento na pia da cozinha
o tempo todo
Mancha no piso da sala
na casa
Cobrar entrega almofadas
e na gente
Terminar de guardar os livros
estar aqui
Comprar mala de ferramentas
ficar aqui
Orçar cortinas
seguir presente
Orçar técnico
que faça a casa
caber em mim.

Cantiga da espera

A Espera, sempre ela,
em seus ritos e lampejos:
nas antessalas anódinas,
nas centrais de telemarketing,
nas cadeiras carcomidas,
formulários do infinito.

À espera, ele segue,
a contar os azulejos:
são quinze pra daqui a pouco
no limbo do enxuga gelo
acordes de *Pour Elise*
com notas de desespero.

É preciso estar atento...
e fraco?
É preciso ter mais sorte
— e saco —
é preciso estar a postos,
para assumir o posto
de, outra vez,
ficar no vácuo.

E eu me pergunto:
isso que sinto
(doze por oito,
leis de Newton,
sessenta batimentos,
cinco sentidos)

é mesmo
o que está sendo?

Estarei vivendo
— me,
mim,
comigo —
ou só
esperando o cara
que instala
a Vivo?

Assisto ao vizinho que assiste à tevê

Já são mais de duas da
madrugada e o vizinho
do segundo andar do
prédio em frente vê
tevê
convicto
um programa do Gordon
Ramsay depois outro de
pesca
depois compreendo que
os dois
são o mesmo
era eu que não
estava suficientemente
atento e eu
penso que fascinante
essa pessoa a
essa hora
nesse dia
da semana
com esse
afinco
como
se amanhã
— segunda-feira —
ele não tivesse
não precisasse
não considerasse
e penso

que fascinantes
as circunstâncias
dos outros

depois não penso nada:
só fico tragado pela luminescência da tela plana.

Procura

Alguém viu o poema?
estava aqui agora há pouco
não está no sofá
sobre a mesa
pendurado na parede
no armário de roupas
— já vasculhei as gavetas
dizem que o segredo é pensar
quando foi a última vez que
você lembra de
ter manuseado o poema?
parece que é comum
encontrar no quarto das tranqueiras
à vontade entre um aspirador de pó
e uma pilha de palavras cruzadas
mas ali não está tampouco
achei duas prosopopeias
três paronomásias
mas poema que é bom
talvez seja o caso de respeitar
o seu arbítrio e perguntar
se ele quer mesmo ser encontrado
talvez ele esteja feliz
coberto de poeira numa quina insuspeita
pensando
melhor aqui do que numa página pálida
também não é o caso de ficar querendo achar
a qualquer custo
no contato do dedo com o interruptor

no silvo da chaleira
na arrumação da cama
ou escovação dos dentes
enfim,
já conhece a senha,
poema,
se quiser que venha.

Ancoradouro

Talvez o fim da provisoriedade
e a mansidão sutil que a casa encarna:
não procurar, pra se coçar, a sarna
e encontrar, quiçá, tranquilidade.

Talvez o início de um contentamento
e a pulsação real que a casa abriga:
alheia a todo quiproquó e intriga
entrega, em prestações, discernimento.

Pra peneirar o que nos interessa
nestes tempos de luzes e espasmos
em que muito se grita e tudo é ausência.

Ocupações mundanas como essas
— trocar a lâmpada, cozinhar aspargos —
são manifestações da transcendência.

Confluências

A casa como sucessão de acasos
como soma de horror e encantamento
inquietude, ambição, contentamento,
reboque, outra demão e um par de vasos.

Mostruário de acertos e descasos
emaranhados, tal encanamento,
a casa imprime um certo sentimento
a vastidão do tempo em dias rasos.

Eu só lamento as tentações que surgem
de comparar a casa ao universo
qual fosse evidente o paralelo

com tantas coisas que ainda urgem:
dificultar o simples, como gesto,
é meio que um banquete de farelos.

Vizinhança

Jamais se agarre à primeira ideia
ao óbvio que já está estampado à testa
escave mais fundo, olhe entre as frestas
duvide desde já, solte a alcateia.

Que nem tudo precisa ter plateia
descanse de nutrir-se de esperança
vá dar uma volta pela vizinhança
tão bom tudo voltar a ser matéria.

As coisas quase sempre interessam
especialmente quando são inúteis
e não tentam portar sentido oculto:

crianças na calçada quando teimam,
casais flagrados em conversas fúteis,
um charuto que é só um charuto.

Anfitrião

Queria ser gregário qual Gregorio
mas pra isso me sinto um tanto otário
teria de mirar no meu contrário
ter superego menos refratário
e andar de borboleta e suspensório.

Queria ser deveras despojado
mas já me alegro em não ser um entojo
das minhas angústias intuir o bojo
sorver a vida sem ódio e sem nojo
e ficar firme pra dar o recado.

Queria ser o anfitrião exato:
a duração dos gestos infalível,
a consciência do que é exequível,
tiradas pontiagudas de alto nível
— mas sem perder jamais de vista o tato.

Queria muitas coisas e ainda quero
e assim tudo se põe em movimento
por aquela janela entra um vento
e assim se encurta o tempo do lamento
que não estamos mais na estaca zero.

Aqui alhures

Estar
em casa
é não estar
em todos os outros lugares que existem:

sinto muito
vou estar ocupado
não fazendo
as coisas todas
para as quais
me convidam.

Estar em qualquer lugar que existe
é não estar
em casa:

Será
que já
não ficamos o bastante
pra voltarmos agora
de onde nem devíamos
ter saído?

Clementina crê

Clementina crê
que a casa é dela
come e dorme
e desce e sobe
e berra
toda vez
que soa o interfone

Tem seus rituais,
suas maneiras,
passa boas horas
à janela
contemplando o movimento,
insone

Clementina
acho que nem sabe
porém toda vez que ela se move
no ar ficam partículas suspensas
de ternura e de encantamento
(feito carro em estrada poeirenta,
através do poente magenta,
numa tarde em que bate o vento)

Em toda parte, um rastro de seus pelos
de modo a ampliar sua onipresença
agora mesmo, me olha bem nos olhos
e eu, visitante em sua cidadela,
faço nenhum reparo a Clementina
porque também já sei
que a casa é dela

Uma coisa toda outra

O meme que diz:
Pessoal, dica do dia:
nunca atenda a campainha
vai ser sempre uma pessoa
sempre
nunca um cachorro
ou um chocolate gigante
sempre pessoas.

É sempre uma pessoa,
então é sempre o novo:
soa o gongo corta-inércia,
e vem alguém pra mover o que estava posto,
repactuar
fundar alguma coisa toda outra:
— um elemento químico
inserido num composto
altera todo o sistema.

Pouco importa se a visita é esperada,
se a casa estava arrumada,
se você pergunta quem é
ou o olho mágico te conta:
o simples gesto cotidiano
— desdramatizado, não calculado, automático —
de abrir a porta
comporta tanto perigo
e tanta potência:
como a caixa de Pandora

aspirando de volta
ao bojo
o conteúdo expelido
— igual no filme dos Caça-Fantasmas.

A campainha toca
e é sempre alguém
portanto distúrbio
quem sabe dilúvio
por certo surpresa.

A *duração da imagem*

Você sentada
no sofá
com as pernas esticadas
lendo alguma coisa
no computador
com aquele seu
hiperfoco
característico
é daquelas imagens
que parecem
anteriores à paisagem
como se já estivessem ali
antes do sofá,
antes da reforma,
antes do edifício,
antes de você.

E é também
dessas imagens
que se pode mirar
por anos a fio
até o esgotamento completo da linguagem.

A grande e definitiva metáfora acerca da casa ou coisa que o valha

Silêncio
está nascendo uma metáfora
no centro do meu córtex pré-frontal
que fala justamente
meio que da
droga
estava aqui agora mesmo
mas vamos dizer que
tem a ver com
a solidez das
paredes
ser diretamente proporcional
não é nada disso
eu juro
era mais audaciosa
essa metáfora
pode estar
caída em alguma
tábua do assoalho
presa na esquadria
sob o batente
não pode ter ido
— essa metáfora —
tão longe
ela era tudo que eu tinha
tudo que eu
fui capaz
de extrair de

significativo
neste instante (im)preciso
a respeito dessa casa
mas aos poucos
também me conformo
e fico mais calmo
e agora meio que
só ficamos
eu
e
a
casa.

Transversal do tempo

Onde hoje tem uma máquina dessas de café expresso tinha uma televisão quatorze polegadas sobre a bancada da cozinha passando o programa do Zaccaro na TV Bandeirantes minha avó fazendo almoço não sei se sovando uma massa com farinha ou se é um bolo de cenoura quando vai para os comerciais tem uma cena de Trair e coçar é só começar em que a Denise Fraga faz o teatro todo cair na gargalhada perto tem uma mesa de fórmica vermelha encostada na parede que até hoje eu penso onde posso colocar depois da reforma mas ainda não cheguei a um bom termo e logo depois um outro comercial mas que agora eu vejo na sala ao lado do meu avô que assiste tv de pé no mesmo canto onde agora tem uma poltrona e uma planta frondosa e ele parece muito mais longilíneo do que seu um metro e setenta e dois mas vem a ser um comercial da Fiat do qual eu não me lembro o enredo mas do qual meu avô tira a frase que se torna uma espécie de bordão que ele usava sempre como saudação em cada conversa telefônica que tínhamos *Commandante, sono qui in Brasile* e desde então meu avô me chama pelo vocativo Comandante com sua verve e bom humor singular de homem austero gerente de banco quarenta anos no mesmo emprego eu que não me sinto exatamente no comando de nada e procuro na internet o comercial da Fiat e o do Trair e coçar e não encontro em nenhum lugar e a convicção já fica um pouco estremecida pela sensação de que sejam só lembranças fabricadas mas é nessa hora que a certeza se reafirma respaldada pela costumeira precisão da minha memória que não costuma me deixar na mão mesmo que naquela ocasião eu devesse ter quatro ou cinco anos coisas que nos fascinam quando somos crianças uma gaveta retangular onde meu avô guarda bebidas onde tem um uísque cujo rótulo é uma foto de dois amigos bebendo numa mesa de bar o jogo resta um da minha avó que eu jogava toda vez e sempre deixava dois pininhos quando eu perguntava uma coisa para o meu avô ele respondia mas ficava com aquilo na cabeça por muito tempo ficava como uma obsessão então ele ia procurar mais informações nos livros que ficavam no quarto do fundo onde agora é o escritório e não adiantava eu dizer tudo bem vô agora eu já entendi porque agora a questão era dele com ele mesmo era ele que queria saber daquele assunto mais a fundo e com exatidão uma característica que minha mãe também tem e pensando bem eu também tenho um desejo de poder saber o máximo possível sobre aquilo que me interessa e não sei o que é exatamente isso que se lê nem sei como essas palavras foram me empurrando adiante talvez seja o mais próximo que minha memória conseguiu chegar de tentar escrever um poema.

Tchau

Fartar-se de estar na casa:
de antecipar seus silêncios,
adivinhar suas linhas,
digerir suas cores.

Enjoar da própria voz,
antever a própria imagem,
conhecer a engrenagem
sua órbita monótona.

Procurando novidades
repetir velhas palavras
que habitam frases gastas
de puídos pensamentos.

Cansar de estar em si
e sair de si
pra se encontrar
no mundo.

Copyright © 2023 Vinicius Calderoni

Todos os direitos reservados. Nenhuma parte desta obra pode ser reproduzida, arquivada ou transmitida de nenhuma forma ou por nenhum meio sem a permissão expressa e por escrito da Editora Fósforo e da Luna Parque Edições.

EQUIPE DE PRODUÇÃO
Ana Luiza Greco, Cristiane Alves Avelar, Fernanda Diamant, Julia Monteiro, Juliana de A. Rodrigues, Leonardo Gandolfi, Marília Garcia, Millena Machado, Rita Mattar, Rodrigo Sampaio, Zilmara Pimentel
REVISÃO Eduardo Russo
IMAGEM DA CAPA Planta do prédio
ARTE Mateus Rodrigues
TRATAMENTO DE IMAGEM Julia Thompson
PROJETO GRÁFICO Alles Blau
EDITORAÇÃO ELETRÔNICA Página Viva

Dados Internacionais de Catalogação na Publicação (CIP)
(Câmara Brasileira do Livro, SP, Brasil)

Calderoni, Vinicius
Vida e obra / Vinicius Calderoni. — São Paulo : Círculo de poemas, 2023.

ISBN: 978-65-84574-69-4

1. Poesia brasileira I. Título.

23-173844   CDD — B869.1

Índice para catálogo sistemático:
1. Poesia : Literatura brasileira   B869.1

Tábata Alves da Silva — Bibliotecária — CRB-8/9253

CÍRCULO *Luna Parque*
DE POEMAS *Fósforo*

circulodepoemas.com.br
lunaparque.com.br
fosforoeditora.com.br

Editora Fósforo
Rua 24 de Maio, 270/276, 10º andar
01041-001 — São Paulo/SP — Brasil

CÍRCULO *Luna Parque*
DE POEMAS *Fósforo*

LIVROS

1. **Dia garimpo.** Julieta Barbara.
2. **Poemas reunidos.** Miriam Alves.
3. **Dança para cavalos.** Ana Estaregui.
4. **História(s) do cinema.** Jean-Luc Godard (trad. Zéfere).
5. **A água é uma máquina do tempo.** Aline Motta.
6. **Ondula, savana branca.** Ruy Duarte de Carvalho.
7. **rio pequeno.** floresta.
8. **Poema de amor pós-colonial.** Natalie Diaz (trad. Rubens Akira Kuana).
9. **Labor de sondar [1977-2022].** Lu Menezes.
10. **O fato e a coisa.** Torquato Neto.
11. **Garotas em tempos suspensos.** Tamara Kamenszain (trad. Paloma Vidal).
12. **A previsão do tempo para navios.** Rob Packer.
13. **PRETOVÍRGULA.** Lucas Litrento.
14. **A morte também aprecia o jazz.** Edimilson de Almeida Pereira.
15. **Holograma.** Mariana Godoy.
16. **A tradição.** Jericho Brown (trad. Stephanie Borges).
17. **Sequências.** Júlio Castañon Guimarães.
18. **Uma volta pela lagoa.** Juliana Krapp.
19. **Tradução da estrada.** Laura Wittner (trad. Estela Rosa e Luciana di Leone).
20. **Paterson.** William Carlos Williams (trad. Ricardo Rizzo).
21. **Poesia reunida.** Donizete Galvão.
22. **Ellis Island.** Georges Perec (trad. Vinícius Carneiro e Mathilde Moaty).
23. **A costureira descuidada.** Tjawangwa Dema (trad. floresta).

PLAQUETES

1. **Macala.** Luciany Aparecida.
2. **As três Marias no túmulo de Jan Van Eyck.** Marcelo Ariel.
3. **Brincadeira de correr.** Marcella Faria.
4. **Robert Cornelius, fabricante de lâmpadas, vê alguém.** Carlos Augusto Lima.
5. **Diquixi.** Edimilson de Almeida Pereira.
6. **Goya, a linha de sutura.** Vilma Arêas.
7. **Rastros.** Prisca Agustoni.
8. **A viva.** Marcos Siscar.
9. **O pai do artista.** Daniel Arelli.
10. **A vida dos espectros.** Franklin Alves Dassie.
11. **Grumixamas e jaboticabas.** Viviane Nogueira.
12. **Rir até os ossos.** Eduardo Jorge.
13. **São Sebastião das Três Orelhas.** Fabrício Corsaletti.
14. **Takimadalar, as ilhas invisíveis.** Socorro Acioli.
15. **Braxília não-lugar.** Nicolas Behr.
16. **Brasil, uma trégua.** Regina Azevedo.
17. **O mapa de casa.** Jorge Augusto.
18. **Era uma vez no Atlântico Norte.** Cesare Rodrigues.
19. **De uma a outra ilha.** Ana Martins Marques.
20. **O mapa do céu na terra.** Carla Miguelote.
21. **A ilha das afeições.** Patrícia Lino.
22. **Sal de fruta.** Bruna Beber.
23. **Arô Boboi!** Miriam Alves.

Você já é assinante do Círculo de poemas?

Escolha sua assinatura e receba todo mês em casa nossas caixinhas contendo 1 livro e 1 plaquete.

Visite nosso site e saiba mais:
www.circulodepoemas.com.br

CÍRCULO *Luna Parque*
DE POEMAS *Fósforo*

Este livro foi composto em GT Alpina e GT Flexa e impresso pela gráfica Ipsis em agosto de 2023. Cantando coisas mínimas, chega-se à maior canção já composta.

A marca FSC® é a garantia de que a madeira utilizada na fabricação do papel deste livro provém de florestas gerenciadas de maneira ambientalmente correta, socialmente justa e economicamente viável e de outras fontes de origem controlada.